KB171157

고백

초판 1쇄 인쇄일 2021년 7월 12일
초판 1쇄 발행일 2021년 7월 19일

지은이 권영모
펴낸이 양옥매
디자인 임흥순 송다희

펴낸곳 도서출판 책과나무
출판등록 제2012-000376
주소 서울특별시 마포구 방울내로 79 이노빌딩 302호
대표전화 02.372.1537 **팩스** 02.372.1538
이메일 booknamu2007@naver.com
홈페이지 www.booknamu.com
ISBN 979-11-6752-011-1 (03800)

고백

천도모

책과나무

시인의 말

고백

이제야 넋두리하듯

투덜투덜 속을 드러내 놓듯 하는 말이야

내가 나에게 했던 약속들마저

허공에 흩어져 버린

이제는 자연스럽게 말문을 열 수 있어

내가 나마저 속이려 하진 않았기에

나 자신에게는 부끄럽진 않은 거지

그래서

내가 나에게 했던 그 핍박 같던 날을

이렇게 다 털어 버리고

더 자유롭게 내게 준 시간을 보내려는 거야

어젯밤

이젠 그 악몽들마저 다 떠나보냈어

목차

3부 그리움 남기고

4부 잃어버린 날

5부 광란의 흔적

나를 내세울 줄만 알았던 내게

잠시나마 스승을 만난 그 가르침에

향기로운 사람으로

남아 있는 날을 살아 봐야지

1부

이름 없는 너에게서

구름에게

네가

가을을 지우려 내 눈을 가려도

말없이 기다리던 결실 앞에

익어 가던 모든 시간들은 그대로 흐르고 있다

떠나라 말하지 않아도 떠나려

날갯짓을 하는 철새를 막아서려 해도

그들은 이미 떠날 준비에 여념이 없다

몸이 힘들어 함께하지 못했던 날들

그리움마저 지우는 날들이 다가오는데

넌 내 두 눈을 잠시 막아서고 있다

사랑을 해도 갈증으로 남아

마음의 상처가 되어 버린 숱한 영혼들이나

그 멋진 구름차에 태워

사랑하는 그 마음이나 전해 주면 좋겠다

바람에게 1

네가 전해 준

그

향기 아니었으면

난 지금도

그 사람을 찾아

해매고 있을지 모른다

바람에게 2

보고 싶은 마음에

가려 했으나

조그만 사랑을

주려 했으나

늘 주저하던 나에게

눈도 밀고

마음도 밀어 준 너였기에

사랑할 수 있었다

바람에게 3

이름 모를 사람 틈에

보석 같은 사람

가져다준 너

그 잔잔하게 불어 준

너

아니었으면

난

사랑을 알지 못했을지 모른다

바람에게 4

밤하늘 별들이
껌벅껌벅 졸고 있다

색동옷 벗어
호수에 띄워 보낸 그날도

내 두 눈은
낙엽만 주워 담고 있었다

네가 바래다준
그 낙엽들만

봄날에는

멋지게 열리는

마음의 공간으로

아름다운 향기

가득 채운다

당신에겐

오늘도

봄날이면 좋겠다

이름 없는 너에게서

아무도 봐 주지 않는

그곳에 가면

향기가 있었다

초라한 무리로

지나가는 나그네도

눈길 한번 없는 그곳에서

올봄에도

그 언덕에 또 그 향기에 끌리어

콧등을 갖다 대는데

알 수 없는 네 모습에

눈물이 흐른다

누구도 봐주지 않고

비록 초라하지만

세상에 이 아름다운 향기를 베풀 수 있다니

나 자신이 부끄러워

들고 있던 머리를 숙인다

세상에 나로 태어나

나를 내세울 줄만 알았던 내게

잠시나마 스승을 만난 그 가르침에

향기로운 사람으로

남아 있는 날을 살아 봐야지

봄비

찔끔 찔끔

새벽부터 울어 댄다

반가움인지

아쉬움인지

얼굴이라도 펴고 울 것을

애먼 나마저 널 따라 울고 있다

떠나는 뒷모습에

난 날마다 운다

오늘 이 부족한 아쉬움

떠나간 네가 그리움으로 다가서기에

언제나 따스함 하나 없이

떠나 버린 너

저렇게 봄바람 꽃향기와

가슴까지 스며 오는데…

봄비 갠 아침

어젯밤

너에겐

수난이었지만

오늘 아침

난

꽃길을 걷고 있다

왔다 떠났다

어젯밤 봄비로 왔는데
오늘 아침에 떠났다
안개 되어

그토록 찾아온다고 요란을 떨어 놓고
말없이 흔적만 남겨 놓고
영혼 되어 떠났다

얼어붙었던 자연도
또한 모두의 얼었던 가슴
어젯밤 무장 해제를 해 놓고

떠난다는 말 없어
새벽녘 너의 흔적을 보다
영혼 되어 떠나는 널 막아서지 못했다

나도 그랬었어

떠나올 때는…

가을날 1

담쟁이가

빨갛게 물들었던

울 동네 호만천 산책로

이까짓 찬바람에 모두 내려놨네

"시간은 잡아매어 놓을 수 없는 거지?"

혼잣말로 애먼 가을 하늘만 원망하듯 바라본다

어젯밤 내가 퍼마시던 그 술

담쟁이도 그 외로움에 퍼마시고

잡았던 손 내려놓은 모습으로

가을 담벼락 초라하게 흩어져 가나 보다

흘러 지나가는 세월이라 말하지만

내겐 수많은 사연 한 번쯤 돌아보듯 바라봐 달라고

찾아오는 간절함 같거든

그래 오늘 아침 싸늘하게 다가선 너

어디인지 모를 그곳

사랑했던 그 사람의 흔적 따라

내 마음도 쓸쓸히 떠나고 말았어

가을날 2

꽃보다 아름답다
꽃 지고 또 너도 떠나지만
누가 슬프다고 했을까
이 아름다운 날을

이건 아니다
내겐 너무 소중하고 아름다운 걸

찬바람이 불어오면
잊고 살아온 너에게
문틈 사이로 찾아 나서는 나이기에

그래서
가을이면 날마다 설레이는 시간 속에
그 사랑을 꿈꾸는지 모른다

차갑게 식어 가는 날들이지만

내 체온으로 널 안아 주려 했기에

저 낙엽 구르는 소리에

해 넘어가는 저 노을에

봄날 꽃 이야기

지난가을 어느 날
어디서 왔는지 모르는 내가
조금이나마 살아갈 터전에서
밀려온 찬바람에 가슴까지 얼어
녹록지 않은 세상에 빌붙어 숨 쉬다

오늘 아침 녹아내린 자연에 눈을 떴어
무심코 지나가는 발길에 채이고 밟히고
또 그렇게 일그러진 모습으로 살아가도

난 꽃을 피웠지
비록 이름 없는 꽃이었지만
지상에서의 며칠을 살았다는 것에
난 행복했다

며칠간의 행복

봄의 용틀임
틈새로 스며든 봄바람에
지난겨울 혹독했던 아픔은
눈 녹듯 슬며시 잊고

무심한 발길들에 밟히어
비록 일그러진 모습이지만

이름 없는 꽃으로
며칠을 살았다는 것에
난 행복했다

찔레꽃

가는 길

잡고 있는 너

어설픈 글쟁이의, 그 설움 말하는구나

그 향기에 그 미모면

아마 나도 울 수 있겠다

지금 그 자태로도 모두를 유혹할 수 있는데

뿌리째 뽑히어

삶의 터전마저 바뀌고 바뀌어

마디마다 잘리어 얼굴, 향기까지 지우고

네 이름 장미가 되었으니

찔레꽃

너의 그 설움에 나도 따라 울고 있다

잔잔해서 좋다

하늘에 있고

네게 있어

뭉게구름

지나가던 철새의 무리

조용히 앉아도 요동 없이

장대한 군무에도 파도 되지 않고

내 마음도

뭉게구름도

철새도 쉬어 가는

그 잔잔한 호수가

그래서 난 좋다

오늘에 얽매여

너를 잊어버리듯 다 챙기지 못하지만

가슴은 늘 너로 채워져 있고

멀리 떠나보낸 적 없었지

2부

나보다 더 소중한

그 무게 때문에

차라리 탓하지 않기로 했지
모두가 나로 인한 것이었기에

그래서
그 무게를 느끼지 못하고 왔어
내려놓을 수 있는 날을 찾아서

잃어버린 그날들은
머릿속마저 하얗게 지우고
검게 그을었던 마음마저 지우고

조금씩
나를 찾아가는 중이지
이미 초라한 몰골이지만
그래도 꿈에서조차 뜨겁게 사랑하며

아마도

오늘처럼 너를 더 사랑하며

내가 사랑하는 사람에게

내게서 멀어지지 않고
내게 사랑한다는 말 없어도 좋다

난 너의 그림자로 남아
해 지면 네가 되어 없는 듯
눈 뜨면 네 곁을 지키는 나로

이대로
함께 살아가는 동안
찾아 헤매지 않고
그리워하지 않고
영원했으면 좋겠다

해 지고 어둠 찾아오면
나 또한 너로 남을 수 있으니까

이대로 영원히

너의 그림자로

내가 사랑하는 사람은 모르겠지만

빈 잔을 들고

널 잊을 수 있다면

구름아 넌 보았지

비가 울고 있는 것을

떠나간 시간

수많은 아픔 넌 보았지

구름아

넌 알고 있지

비가 왜 울고 있는지

비가 울려거든

구름아 달래려 마라

또한

많이 울려 하거든

너마저 회생하고 그 마음 헤아려다오

그는 사랑에 쫓기듯

떠나간 그님이

그리워 울고 있는 나일지 모르니

나보다 더 소중한

오늘에 얽매여

너를 잊어버리듯 다 챙기지 못하지만

가슴은 늘 너로 채워져 있고

멀리 떠나보낸 적 없었지

비록

오늘 이 현실이 너도 아쉽고

나도 아쉬워할 뿐이지만

내겐

나보다 더 소중한 너일 뿐이야

너 1

어디서 왔는지

어떤 모습이었는지 몰라도

지금이 좋다

덧칠에 본래의 겉모습은 바뀔지 몰라도

내면의 너 바꿀 수 없어 좋아

지금 그 모습이

내 눈엔 아름다운 걸

너 2

함께 있다는 것만으로도
가슴 따뜻한 존재

잡초 속에 묻혀 있어도
내 가슴엔 한 송이 꽃

옥석을 구분 못 하는
둔한 감각이지만
눈 뜨고 고른 것 중에
제일이
.
.
.
바로 너!

너 3

맑고 푸른 하늘에서
무지개를 타고 내게 온

내가 감당 못 할
큰마음의
커다란 눈
그 마음에 헤어나지 못해

세상
더럽게 다 변하고
모두가 떠나고 없어도
두려워하지 마

네겐 내가 있으니까

너의 맘속에

너의 맘

그 속에 내가 있다

네게 나의 색깔이 뭔지 모르겠어서

울 때가 있다

내가 바라는 그런 색깔이

아님을 느끼기에

내가 바라던

네 안의 내가 아니거든

그 나를 바꿔 주면

안 되겠니

사랑하는 내가

이렇게 있는데

• 비 내리는 아침에

네가 내게 준 그 말

넌 나에게
어제처럼만 살라 그랬지

난 그래서
날마다 그날인 줄 알았는데
오늘 아침 호기롭게 너를 보고

난
그 말에 배신감을 느꼈어

막아선 그대에게

떠나려 하는데
무심히 살아온 듯
깊은 정 없어 보여서

그대는
왜
막아서는지 모르겠다

하루 이틀도 아니고
뜨겁게 달궈야 할 날들을 말이다

말은 없었어도
사랑했나 보다

그래서

눈물로 막아서고 있는

당신 때문에

나도 울고 있다

● 긴 장마에(庚子夏)

너와 나

낯선 모습으로 다가와
그 향기만으로 너와 내가 만났었지

가슴도 졸이고
어떤 날은 가슴이 아파 눈물을 흘리고
미소 하나로 모든 아픔도 떠나보냈던 너

잠시 떨어지면 그리움으로
밤잠을 설치게 했던 너

세월이 흘러
너와 나 멀리 갈라서게 하지만
그리움은 갈라지지 않고 있다

내가 떠나오고

내 엄마가 떠나갔던 모습처럼

언젠가 그렇게 너와 내가 되겠지만

원인 제공

네가 불어 흔들어 준

그녀의 치맛자락

난 착각하고 말았지

내게 보내는 사랑의 신호인 줄

그래서

덥석 물고 말았던 거야

죄

네가 나에게

매일 사랑한다 하기에

난 미안한 날이 많았어

근데

나보다 네가

더 미안해해야 할 것 같은 생각이

왜 자꾸만

내 가슴에서 꿈틀대지?

당신이 꿈을 꾸며 살아가고

당신과 지냈던 자리만 스쳐 가도

마음에 남아 있는 당신의 흔적들에

내 혼魂은 당신을 따라 여행을 떠나곤 한다

3부

그리움 남기고

사랑하는 사람아

오늘

저 피어나는 물안개가

당신을 그립게 합니다

밤새워 내리는 비

아직 하늘 창은 열리지 않았지만

젖어드는 지구의 흐느낌

내 마음이었습니다

어느 자리에서

날 바라볼 수 있다면

어느 곳에서

날 보살피고 계시다면

난 이렇게 오늘도

그 사랑에 세상의 작은 축 되어

세상의 빛으로 남으려

살아가고 있는 중입니다

안개비처럼 눈가에 맺혀 내리는데

마음은 당신이 떠나갔던 길

반의반이라도 해 보려고 하지만

마음속은 늘 공허뿐입니다

어머니

구름이 되어

당신 그리움으로
바라보고 있는데
생각 없는 바람
자꾸만 떠나라 재촉을 하네

어쩌다
하늘 바라보거든
하얀 구름 머물러 있나 바라봐 주오
내 마음 구름 되어 머물다 떠나가면

그 그리움
당신 가슴에 흘러내리는 날이니

떠나는 그대에게

짧은 스침

긴 여운

그런 그리움으로 남고 싶다

잠깐의 침묵으로

먼 하늘을 바라본 것뿐

내 마음 이미

낙엽 따라 떠나고 있다

깨어 있기에

깨어 있기에
아름다운 걸 알았습니다
고마워할 줄 몰랐던 날이 자꾸만 그립습니다
그땐 정말 몰랐습니다

창문을 여니 산 중턱에서
피어오르는 물안개
어젯밤 내린 빗방울이 떠나가는 중입니다
깨어 있기에 두 눈으로 받았습니다

나도 모르게 꿈에서 찾아왔던 밤비
창을 두드리던 바람도
떠나고 없는 이 아침이
내겐 언제나 선물이 되고 맙니다

깨어 있기에

보내 주는 숱한 선물들을

가슴으로 받을 수 있기 때문입니다

자연에 고마워하고

세상에 감사해야 하는 나날

나에겐 언제나 선물입니다

그리움 남기고

이제 육신으로는 당신을 상대할 수 없다
상상의 혼만으로 그리워하는 수밖에

핏기 없는 노환으로 날 버린 이 없었고
지고지순至高至純에 선善함밖에 없던 사람들
그 순서대로 내 곁을 떠나갔다

그러기에 더 아프고
큰 그리움만 가슴에 안고 살아가는 중이다

약한 취기에도
문뜩문뜩 떠오를 때면
더 사랑할 수 없기에 그리움의 눈물만 흐른다

당신과 지냈던 자리만 스쳐 가도
마음에 남아 있는 당신의 흔적들에
내 혼魂은 당신을 따라 여행을 떠나곤 한다

비록

사랑했다는 말 한마디

그리워할 거란 말 한마디

남기고 떠나진 않았어도

내가 보았던 당신의 마지막 눈동자

더 사랑해 주지 못했던 그 아쉬움에

돌아서 울면서 후회를 하고 있다

고백 1

그때는 그랬습니다
버려진 것처럼
방황을 해도
의지할 곳이 없었습니다

내게 주어진 현실
누구에게도 말하고 싶지 않았습니다
그래서 현실을 회피하거나 슬퍼하지 않았습니다
이겨 내야 할 현실을 부정하지 않았습니다

울고 싶어도 무너질 거 같아서 그러지 못했습니다
그 연약함을 보여 준다는 것을
자존심이 허락하지 않았기에

덕분에
더 단련되고 더 성장하는
계기가 되었을지 모릅니다

언제일지는 모르지만

내 내면의 바라던 그날을 기대하면서

비록 큰 꿈은 아니어도

현실에 감사함을 배우고 살아가는 중입니다

나름 건강하고, 조금은 나라는 자아를 찾아가며

모두를 사랑할 수 있기 때문입니다

내가 나를 사랑하듯

모두를 사랑한다는 기쁨은

지금 이렇게 고백할 수 있다는 것입니다

알 듯

모를 듯

힘이 되어 준 벗에게…

고백 2

사랑하며 살려고 했습니다
그 사람들의 등을 수없이 보고서도
늘 나를 탓하며 살려 노력했습니다

덜 준비된 나 자신이 싫었기 때문입니다

그래서
내게 보여 준 그 등들을 잊으려 하지만
그 아픔은 영 지워지질 않습니다

고백 3

흐르던 눈물 자국에

미움이 싹트고 말았어

어떤 날은 너 때문에

아름다운 추억으로 각인되었기에

상처로 남을까 봐

조바심하던 내 작은 가슴

모른 척

내면을 감추고

비록

창백한 나의 모습을 네게 주었지만

고백 4

어차피 혼자였어

그러나

그 혼자를 나만인 줄 알고

많은 날을 외로워한 거지

가족

사회의 구성원

나로 이뤄졌다는 착각

그 우리라는

사람들을 위한 사명감, 의무감

삶의 반은 그렇게 흐른 거야

그렇다고

모두에게 행복을 준 건 분명 아니야

내게 숨겨진 욕심도 욕망도 있었거든

그렇다고 더 채우려

누굴 농락하려 들지 않았어

그것은 내면의 나 자신이

용납하려 들지 않았기에

그리고

뒤를 돌아봤어

혼자 버려진 듯 서 있는 초라함이란

그래서

지독하게 외로운 거야

고백 5

멀리서 들려오는
그 떨림에도
밤새워 울어야 했던 날이 있었어

이젠
그 떨림이 그 가슴에서 조금씩 멀어져 가고
오늘 난 두려움에 떨었지

거울을 들고 있는 손
그 현실에 마음에 평온이 찾아왔어
날 알아 가는 오늘

그 지나온 날들
인정하지 않으려던 이 마음
떠나보내는 연습을 하고 있는 중이야

그리고

더 사랑하기로 했어

미안해

늘 부족하게 했던 지난날의 내 사랑을

어머니 1

그날만 찾아오는 당신

가슴이 따듯한 날은
내게서 떠나가 있다가도

누구에게도 말 못하고
끙끙 앓고 있는 밤이면
불면으로 보내게 하는 당신

왜 그런 날에만 찾아오시나요?

나 이렇게 그리워하고
보고 싶은 날에는 안 되는 건가요?

이제 나이가 먹어 가나 봐요
나 힘든 날에만 그리운 것이…

이제 당신에게

다 드릴 수 있는 날들인데 말입니다

그래도 아까울 게 없는 이 마음뿐

어머니 2

나라는 존재는 찾은 적 없었다

해진 옷 입어도 부끄러운 줄 몰랐다

망가진 몸에서 핏물이 흘러도 아픈 줄 몰랐다

왜 몰랐을까

아니다

자식만 모를 '뿐'

한참을 울다가도

자식 볼까 봐 웃어 주던

이제는 그 모습이 아니어도

그 음성이 아니어도

사진만 바라보다 울면서 밤을 지새운다

뭘 드릴 수도

따듯한 말 한마디도 드리지 못하는 오늘이

왜 이토록 서글퍼만 지는지

어머니

어머니

무엇을 드릴까요?

오늘 밤

꿈에라도 한 말씀만 해 주세요

어머니 3

4숨을 몰아쉬면서도
힘들다는 내색을 못 하시던
그 모습이

그토록 힘들게
반평생을 더 살던 그 땅을
버리듯 떠나온

그리고
그토록 지긋지긋했던 그곳을
고향이라고 불렀고

지치게만 했던 그곳을
잊으려 하지 못했던
어머니

나도

이제 와서 당신처럼

그 고향을 엄마 품처럼

그리워합니다

어머니 4

당신에게서

잉태한 나

당신 없으면 안 되는 존재가 됐고

그 당신은

날 버리고 떠나 버리고 없지만

난 당신을 그리며 살아가는 중인 걸

어머니 5

오늘 아침

산길을 내려오는데

떠나다 멈춰 버린 나뭇잎 하나둘 박제되어

차가운 시멘트 바닥에

흔적으로 남아

안쓰러운 그 모습

내 가슴에 남아

한참을 서성이다 돌아왔다

보잘것없고

단풍으로 물들기 전에

허기진 벌레에게 제 몸을 내주고

또 무슨 미련 남았기에

핏기 없는 모습으로

지나가는 이 잡고 가슴 울컥이게 하는지

내 어머니 같다

어머니 6

내줄 거 다 내주고도
못내 미안한 모습이었던 얼굴
오늘 당신이 스크랩되어 무너져 내린다

내 육신은 하잘것없고
모두 자식을 위한 것
내려놓고 또 내려놓고

아무도 모른다
이렇게 가슴으로 메아리 되어 오는 것을
모두 어렵던 시절이었다고
변명할지 몰라도
난 아니다

그래서 울고 있다

어머니 7

초등학교 입학
몇 해 전까지
밭고랑 찾아가 젖무덤 찾았던 나
땀에 젖은 몸 닦아 내지 못하고
보챔부터 달래 주던 어머니

모든 것 기억에서 지워 낸 지 오래지만
왜 떠나보내지 못하는 그리움인지

보리 터럭 하얗게 뒤집어쓰시고
자식새끼 굶을까 털어 낼 시간조차 없이
캄캄한 부엌으로 뛰어가던 어머니

그리워할까 봐
보고 싶다 말 한마디 못하시고
혼자 울다 떠나 버린 어머니

외로울 땐

해는 져서 어두운데 찾아오는 사람 없어
이 일 저 일 생각하니 눈물만 흐른다

땀 흘리고 해 지면 한잔 술에 피로를 풀고
혼자가 싫으면 이웃집 동무 불러 마시고
오늘 가진 거 세어 보지 않고
마음 풍요로운 친구가 더 잘 살고 있네

더러 주머니 비어 있어도
주막에 가면 외상술 주고
주모가 흥을 돋우어 주는 고향에서

낮일에 지친 육체가 힘들어도
이웃 동네 친구가 손 좀 빌려 달라 하면
마다않고 달려가는 친구
친구가 나보다 잘 살고 있네

나 외로우면 멍하니 고독과 함께하는데

나 이렇게 먼 하늘 친구를 그리워하는데

그런 친구가 부러워 눈물짓고 있다네

비 오는 날이면 친구 하나 불러

냇가에 나가 술안주 건져다가

하나둘 모이면 잔칫날 되는 고향

나도 그 고향으로 떠가고 있네

화선지

하늘을 보면 하늘이
눈을 감으면 가슴이
푸른 바다를 보면 그 바다가

지우개처럼 파도가
흔적을 지우고 간 자리
모두가 화선지가 되었어

가슴에 그리고 싶었던 수많은 추억
펼치면 끝이 없지만
자꾸만 지우고 그리고

말없이 그 그리움을
눈물을 찍어 그리기도 했었어
눈물에 색깔을 넣으면 수채화가 되었기에

오늘도

화선지를 펼치고

그리고 싶은 그 충동에

그리운 엄마 얼굴을

그리는 중이야

상처

나 같기를 그렇게 믿고

작은 아픔도 늘 함께할 수 있었습니다

언제까지일 줄

그 끝을

한 번도

생각조차 해 보지 못했습니다

그의 일상이 나의 일상으로

작은 아픔에도 함께 울어 줄 수 있는

별개 같은 하나였기 때문입니다

그러나

그는

지금 내 곁에 없습니다

간절함

사랑이 무뎌져 있고

재물은 수고보다 넘치는데

이웃에겐 메마른 가슴

이런 현실에 먼 하늘을 바라보다

나도 모르게 주르륵

떨어져 내리다 사라져 버리는 별똥별처럼

추억으로 남기고 흩어졌던

가슴으로 하나 또 하나 밀려들고 있다

4
부

잃어버린 날

오늘 아침에

어제처럼이면 좋겠다
바라고, 그리워하고, 사랑하고

조금 부족한 것은 바라고
보고픈 사람은 그리워하고
모두 사랑하고

너도 나도
어제처럼이면 좋겠다

행복이란

궂은 날씨도

세상의 모든 사사로움도

모두가 흐릴지라도

내 마음

맑게 흐르고 있다면

행복입니다

마음에 따라

어제도 울었고

오늘 또 울었어

똑같은 이유로 어제는 슬퍼서

오늘은 감동해서

아마 어제의 그 기분을

오늘 이 마음이

극과 극으로 조우한 거겠지

누구에게나

가슴은 있지

한 사람은 뜨겁게

또 한 사람은 차갑게 살아갈 뿐

그것이 인생 아닐까?

비록

오늘 저 하늘이 무너져 내릴 것 같아도

무너진 하늘을 본 사람이 없거든

모두가 또 그렇게 살아가는 거지

오늘 난

행복과 동행하는 중이야

작은 가슴에 사랑이면 다 아닐까?

욕심

아지랑이 피어오르는 봄이 오면

봄 속에서 봄만을 누리고 살고 싶고

가을에 단풍 들어 낙엽 떨어지면

외로움 안은 채 가을만 누리고 싶고

밤하늘 반짝이는 별을 보면

저 하늘을 나만 소유하고 싶다

좋으면 욕심만 부리고

모든 행동이 욕심인 줄조차 모르며 살아가는 나는

세상을 다 누리고 살아가는 중이다

그래서 오늘을 고마워하지 못하지

오늘 내게 배려한 세상에

내일도 그다음의 내일도

똑같은 상상을 하면서

언제나

잡아 두지 않기로 했어
이 흘러가는 날들처럼

비록
나 자신이 초라해 보일지라도
항상 좋은 날일 수는 없으니까

하루는 울고
하루는 배꼽 빠지게 웃어 대고
그게 좋잖아
후회도 없고

좋은 날
이 시간을 잡아 둔들
내게 있어 주겠어?
그냥 보내 주는 거지
언제나

또 찾아오는 시간

더 아름다울지 혹 슬플지 몰라도

그게 내게 주어진 그날이라면

언제나

오늘로 또 다른 날로 살아갈 뿐인 걸

웃으려 했는데

웃자 했어

미워할 일까지

슬퍼할 시간이 많은 날에도

가려야 하고

참아야 하고

못 본 척하고

이해하려 해도

그러나

또 참아 내지 못하고

세상을 원망해 보지

이런 사람

저런 사람

여러 부류의 틈 속에서

외면할 수 없는 현실이기에

마음에 상처의 흔적으로 또 쌓아 가며

살아가는 현실의 세상 앞에 무너지지 않으려

나만큼은

세상에

화나게 하는 일

분노하게 하는 말 대신 웃으려

작지만

그렇게 살려 한다

원망하지 않는다

그것이

내 뜻이 아닐지라도

이해하며 살기로 한 지가 꽤 됐어

나도

네가 이해해 주는 것처럼 말이야

세워져 있던

선도, 기준도 하나하나 그렇게

모래성처럼 지우고 나니까

이렇게 행복한 것을

언제나

내 마음이 기준이 되어

날 괴롭히던 날들

미련 없이 보내고 이렇게 웃고 있는 걸

내게 주워지는 날

얼마일지 모르지만

이 세상이 내게 준 사랑

난 다 주고 남으면 더 주고 싶다

세상에

원망하지 않으면서

잃어버린 날

잃어버린 시간들을 찾을 수 있다면

아쉬움

그리움

떨어져 내리다 사라져 버리는 별똥별처럼

추억으로 남기고 흩어졌던

가슴으로 하나 또 하나 밀려들고 있다

그 한 조각이

비록 초라해 눈물이 되어도

왜 그날들을 그리워하는지

뜨거웠던 날

세상살이에 식어 버리고

그 사랑마저도 추억이 되어 버렸는데

그날 함께했던 시간은 떠나질 못하고

아직 내 주위를 맴돌고 있다

그 푸르던 밤하늘

지금은 문명에 퇴색돼 버려

깜박깜박 바라보던 그 별들마저도

내 눈에서 떠나 버려 영 찾을 수 없는 날

오늘 그 잃어버린 날이

내게 주어진다면

떠나 버린 그 얼굴들과 말없이 눈물만 흘리겠지

서로의 가슴을 열어 놓고서

인생

시간표대로 산다는 것
인생이 아니지

더러는 삶에 취해서
흥에 취해서
또한 술에 취해서

잠
.
.
.
시

나를 내려놓기도 하는 거지
그 시간표를 덮어 놓고

그래야 인생 아닐까

조금은 비어 보이고

때론 강해 보이고

그러다 웃으면 그만인 것을

행복의 조건

젖 한 모금에 흐르던 눈물을 멈추고 행복해한다
어쩌면 그것이 모태의 행복이지

작은 소득에도 행복한 사람
오늘보다 내일은 더 나은 삶이라고
믿고 추구하며 살아가는 또 다른 날들

그래서 오늘을 살아가며 즐기고 있지
누구에게 탓을 돌리다
내가 노력한 만큼의 행복
더 바라면 불행하니까

배부른 다음 더 배를 채우면 부작용이 뒤따르는데
현재의 행복 공간을 불만으로 가득 채운다면
그 또한 같은 삶의 공간만큼 불행이 다가서는데
우린 자꾸만 잊고 살아가지

지금 난 모든 시간이 행복이야

내가 가진 모든 것 행복의 조건이지

그래서 난 내일이 기대돼

저 태양에

친구가 말했어
세상은 날마다 변하여
내가 나를 못 따라간다고

더불어 찾아온 한낮의 태양도
날마다 볼 수 없는 세상이 되어
또한 슬퍼짐을 문명에 원망을 하며

오랜만에 찾아온 태양을 바라보다
"저 햇살에 마음을 걸어 말리고 싶다"고

참으로 아름다운 시구가 되었어
무분별한 세상을 향한 한탄의 그 한마디
내가 살다가 버리듯 떠나 버릴 땅이었나?

밤하늘 별들처럼 속삭이는 저 태양에
검게 막아선 장막을 걷어 주고 싶다

흔적

벌레가 먹다 버린

빛바랜 모습

삶이 다 그럴 수 있지

너도, 나도, 그 누구도

그래도

당신 마음에 각인시키고

차가운 시멘트 바닥에

흔적으로 남았어도

당신이 사랑했던

그 추억으로 꿈을 꾸고 있어

비록

흔적으로 남은

빛바랜 나뭇잎이지만

등 굽은 청소부 아저씨

무슨 생각을 하시며 쓸어 담고 계실까

어젯밤 그 광란의 흔적이

지금 떠나는 중이다

5
부

광란의 흔적

새벽 출근길에

네온 아래 보석이 반짝인다
네온 아래 지구가 숨을 쉰다

새벽 버스 정거장엔 봄비가 내린다
겨우내 꿈을 꾸던 지구가
눈 비비며 잠에서 깨어나
빗방울에 껌벅껌벅 숨을 쉬고 있다

바람은 떠나가는 아침을 질투하듯
점포 앞 세워 둔 광고판 붙들고 씨름하고
나뒹구는 광고판
출근길 점포주 저 하늘만 원망하겠지
이 더러운 세상 도와주는 이 하나 없이

세상은 세상대로

봄비는 봄비대로

봄바람마저 거들고 있으니

눈을 뜨는 자연에 괜한 새우눈을 흘긴다

저러다

비도 멎고

바람도 멎고

세월도 머물다 가겠지만

고성에서

하늘도
잠에서 깨지 않았는데

작은 목선들
파도 소리와 함께 춤을 추고 있다

새벽안개 갤 때쯤이면
어둠에서 받아 든 소중한 선물들 챙겨 들고
하나, 둘 그렇게 어판장에 몰려온다

어제 밤술이
아직도 내 안에 머물고 있는데
깜박이는 목선의 불빛이 자꾸만 윙크를 한다

빈 어망 든 어부
오늘을 체념한 모습으로 하늘만 원망하고
월척이라도 받아 든 어부는 화색이 넘쳐난다

어제도

또한 내일도

모두가 일상인 이들에게

나는 이방인

재수 없게 잡혀 온 네게도 나는 이방인

그래도 활기 넘치는 어판장의 새벽

내 가슴도 함께 뛰었다

광란의 흔적

내 사무실은

선릉역 1번 출구 쪽에 있다

어젯밤의 흔적이

아침 출근길 떠나가고 있다

맛있는 술

아름다운 여자

등등

뿌려진 광고지마다 화려하다

나도 곁눈질이 자꾸만 간다

등 굽은 청소부 아저씨

무슨 생각을 하시며 쓸어 담고 계실까

어젯밤 그 광란의 흔적이

지금 떠나는 중이다

광진교 밑

노부부가 노을 드리운 광진교 밑에
마주 앉아 흐르는 강물에 과거를 되찾고 있다

언제인지도 얼마나인지도 모를 멀리 가 버린 날
말은 없어도 마주 보면서
마주한 주름을 세고 있는지 모른다

힘찬 페달을 밟으며 지나가는 과거의 나
뜨거운 날이 두렵지 않은가 보다

나도 한자리 꿰차고
교각 사이마다
쉼표 찍어 가며 그림을 그리고 있다

노을마저 저버린 저 하늘이

강물에 빠져

살려 달라고

두 손을 젓고 있다

내일이면

또 푸른 하늘이

광진교 밑에 빠져 죽겠지

날 사랑했던 구두

난 몰랐어

매일 집을 나서면 너만 찾았던

지금 바라보고 있는 이 모습인지

그 지나간 날들

널 보고 있으려니

나 자신이 자랑스럽긴 해

비록 나를 바라볼 수 없어도

이렇게 살아가는 중이니

그 옛날 시골 면장님의

흙 묻은 그 구두가 내 눈에 아른거리거든

그 편해 보이던 빛바랜 구두

나도 그랬나 봐

아픔도 잊고 나를 찾지 못했던 시간

네가 날 지켜 준 거지

그래서 지금 날 돌아보고 있어

그날을 잊을 수 없어서

오늘이 더 아름다운 걸

사랑할 수 있어서 좋다

그날들을 지켜 준 너에게

여의도 돔 구장

기적이다
저들이 저렇게 싸워 대도
맞아 죽은 놈이 없다는 것

여의도 저 돔 구장 용도가 궁금하다
격투기장은 분명한데

없으면 좋겠다
저들 모두 다

청년들 교육이 안 된다
저 팀에 참가하기만 하면 똑같아진다
선배 말 안 따르면 왕따를 시킨다지
보고 배운 것이 저 모양들이기에

모른다

해 넘어가고 퇴근길엔 어깨동무하고

그날 수입을 나눠 쓰는지 난 모른다

그러나 찝찝하다

권모술수權謀術數에 넘어간 민초

울어 댄다

많이 슬프다

답답한 현실에

칠팔월이

더럽다 더럽다

세상을 다 씻으라 했다

못 들은 척 난 모른다

그렇게만 외치더니

자연이

꽉 막혀 버린 두 귓구멍을

시원히 틔워 주려 했으나

한 번으론 되지 않으니

힘든 발걸음으로 오고 또 오고

역병에 지친 백성만

나날이 골병드는 날이로세

내 탓이요

내 탓이요

힘없는 민초만 죽을 맛이니

언제쯤 돼야 살맛나는 세상일지

오늘이나 내일이나

목 빠지는 민초일세

● 2020. 구월 태풍이 자꾸만 밀려와

여의도 사람들 1

푸른 하늘
힘에 겨워 울고 있는 민초
표 앞에선 비렁뱅이인데

어찌하여
불의 앞엔 모두가 모르쇠인지

생김새는 우리와 참 많이 닮았는데
정말 비슷하게 생겼는데

그런데
생각도 다르고
말귀도 못 알아듣고
잘못도 모른다

저들이

잘할 거라는 바람도

잘한다고 외치던 숱한 구호도

나도 잊어버렸다

여의도 사람들 2

이념만 있다

봉사도 베풂도 없다

오직 지들 배만 채우면 되나 보다

말로만 한다

내 생각만 맞고

네 생각은 틀리다

편 가름에 다른 편 백성은 백성도 아니다

반은 슬픔에 싸여 있고

그 시름에 정서는 말라 죽고 있다

더러운 년, 놈이다

술

산 그림자가

검은 세상으로 힘없이 무너져 가면

오늘 생을 마감하는 하루살이도 해 떠난 줄 모르고

가로등 아래 오늘을 연장하려 몸부림친다

어젯밤

너와 결투에서 승부를 내지 못한 수많은 주당은

오늘도 삼삼오오 결투를 신청하려 몰려다닌다

깊어 가는 어둠

기다리는 사람

머릿속이 하얗게 지워질 때까지

오늘도 그 기나긴 승부는 끝나지 않으련만

별들도 껌벅껌벅 졸고 있다

여행

이렇게 멀리 와 버린 줄 몰랐어

어제, 오늘

다른 날이 피부에 와 닿지 않아서

또한 마음도 어제도 오늘도 변한 것이 없어서였나

근데

이토록 멀리 떠나온 걸

잠시 머리를 스쳐 가는 건 뭐지

결코 두렵지 않던 시간에

오늘은 잠깐 두려움을 느꼈어

오늘 밤에는

내게서 멀어져 간 별을 찾아 떠나야겠어

초롱초롱하던 그 모습 찾을 길 없을지라도

먹구름 지나가면 빼꼼 얼굴 보여 줄지 모르니

오늘 저 노을이

아름답지 않은 걸

오늘 밤 별에게 물어볼 거야

긴 장마에

오늘
8월 장마에

먹이 찾아 헤매던 저 새는
허기진 배를 움켜쥔 채
먹구름에 때 이른 어둠 속을 울면서 가는구나

축 늘어진 날갯짓
네 모습에 배고파 슬퍼지는 먹구름만

넌 그래도
하늘을 원망도 하기 전
어둠이 더 깊어지면 가던 길 잃을까
무리를 벗어나지 않으려는 그 날갯짓
처량해 난 그저 하늘만 바라본다

나도 그런 날 있었다